U0004019

LOCUS

LOCUS

LOCUS

LOCUS

Paw（1993-2005）
壓克力顏料
高雄市立兒童美術館藏

小花花

Tony的飛輪圈→

圓圓（1995-2009）

Catch 160
講貓的壞話 李瑾倫／圖・文
責任編輯／陳郁馨 特約編輯／王安之 美術
設計／李瑾倫 美術編輯／何萍萍 法律顧問／全理法律事
務所董安丹律師 出版者／大塊文化出版股份有限公司 台北市105南京東
路四段25號11樓 www.locuspublishing.com e-mail:locus@locuspublishing.com

讀者服務專線：0800-006689 TEL:(02)87123898 FAX:(02)87123897 郵撥帳號：18955675 戶名／大塊文化出版
股份有限公司 總經銷／大和書報圖書股份有限公司 地址／新北市新莊區五工五路二號 TEL:(02)89902588
FAX:(02)22901658 初版一刷：2010年2月 初版二刷：2014年3月

定價：新台幣280元 ISBN 978-986-213-159-6 Printed in Taiwan 版權所有翻印必究

講貓的
壞話

李瑾倫 圖‧文

「真正的幸福，所謂天堂，就是被關
在一間有肉吃的屋子裡挨打吧！」
——法國小說家左拉，〈貓的天堂〉

有時候，坐小冰 愛四腳貼牆。

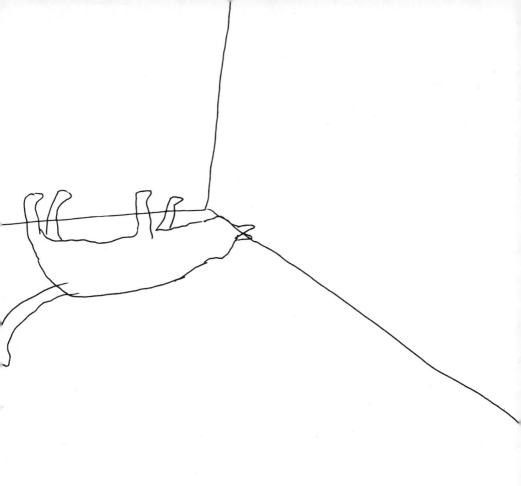

坐刂冰 這樣的時候，最不用擔心。
這表示牠：精神很好、思考著一些重要的事情，
或是希望你注意牠的存在但不要真的吵牠。

天堂裡的私寫生

那時，我的工作室還在動物醫院樓上，幾次我站在這「永遠整齊不起來」的空間中，看著我的動物，感覺很奇妙。這裡，無非就是幾隻貓狗和一個人，可以很安靜，安靜到大家都在睡，均勻安適的鼻息一起一伏；也可以很鬧，鬧到六隻狗和一隻貓，相互興奮地吠叫喵嗚、跳上跳下奔跑追逐。無論安靜或鬧，我都可以很自在在其中做著工作，偶爾看看牠們做什麼。

貓聲狗語，這個工作室裡不怎麼需要人講話，我們過的是一種沒有憂愁的「無人生活」。如果非要把我對動物講的話搬到大街上對人說，應該「肉麻得要命」；但是幸好，這些話只流通在我們所在的這棟透天小厝。

有時候我會像看衛星地圖一樣想像著我的家，點高雄放大放大到我們起居的街道，放大放大到看見我們透天厝的窗戶，再放大放大到出現我和整棟厝裡的動物：看病、洗澡美容、寄宿、和主人來串門子的動物在樓下進進出出；過「無人生活」的我和我的動物在樓上走來走去。這座城市，是不是這空間裡的生命最熱絡吵鬧？

有一年半，幾乎固定每星期三下午，我在工作室裡靜靜畫著「私寫生」，用整個下午的時間，畫那當下工作室裡的實況，描繪我的動物、寫我心裡和牠們的對話。然後傳到島的另一端，又一張下周見報的專欄儲稿。

畫的當下，不覺得是工作；編輯儲存著專欄用稿，我則儲存了「簡單美好的時光」。

那時，我們都在。
在我的「天堂」，在「私寫生」裡。

工作室裡，桌子總是少一張。堆
滿東西的桌面坐り冰可以找到行
走的路徑。

從來不覺得狗會想「把自己藏起來」（除非閃電打雷、挨罵、遇到更強的狗）或是「希望人家不要看見牠」（除非私藏美味正要享用）。狗的個性很明白：想跟就一定要跟、想吠就拚命吠、想哀就狂哀；安心的時候，什麼躺姿都能睡，愛吃的一次吃到飽，喝水喝到嗆。

可是貓好像大不同（我是用自己的貓做比較）。

我「研究」剉冰，牠很有原則地餓了就「吃一點」，「吃一點」加「吃一點」加「吃一點」，許多的「吃一點」剛好可以慢慢吃完一盆食物；水也是「喝一點」，「喝一點」加「喝一點」加「喝一點」，我一天替牠添一次水就夠。上廁所，最好是有「屋頂」的貓砂盆，上完左踢右撥，小心翼翼把「產物」蓋起來，再一臉無事走出貓砂盆。

我的狗小花花經常在剉冰走出貓砂盆後，好奇地馬上伸頭進去了解究竟，有幾次索性把自己的球也丟進去了。最後，不得已，我只好讓貓砂盆再升級（為傻狗的衛生著想），升級成上有蓋前有門講究隱私的高級廁所。

從網路讀到一則說法，說因為古埃及人把貓崇拜為神，讓貓潛意識裡忘不了這樣的崇高，以致永生永世愛擺高級。如果有一天你湊巧經過「剉冰的下方」，不小心見著牠「高高在櫃子上」的眼神，你應該會同意那傳言說得有道理。

幸好，比起「擺高級的勢利眼」，剉冰更熱中和我們「眉來眼去」的大眾趣味。

1.

隱形

我 認為，剉冰，一直都當
水桶是個可以隱形牠的東西。

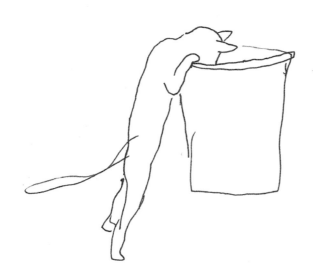

所以這是剉冰隱形的狀態之一。

於是我們經過牠附近，尊重牠的想法，不要太打擾牠（但我強烈懷疑，牠其實很希望我看見牠並且裝做很驚訝）。

我從小花花的表情，揣摩牠對剉冰這種行為的想法：
「哦，剉冰！」（小花花立起後腿湊近聞了一下。）
（剉冰立即回牠一個眼神：你最好離我遠一點。）
「搞什麼？這怎麼回事？在幹麼啊？在幹麼啊？」
（小花花被剉冰的眼神嚇了一下，有點狼狽地離開那個水桶。）

剉冰眼神又瞟了一下，身體動也不動。

狗無法和貓感知相同的精神狀態這件事，
我養了剉冰以後，漸漸清楚。

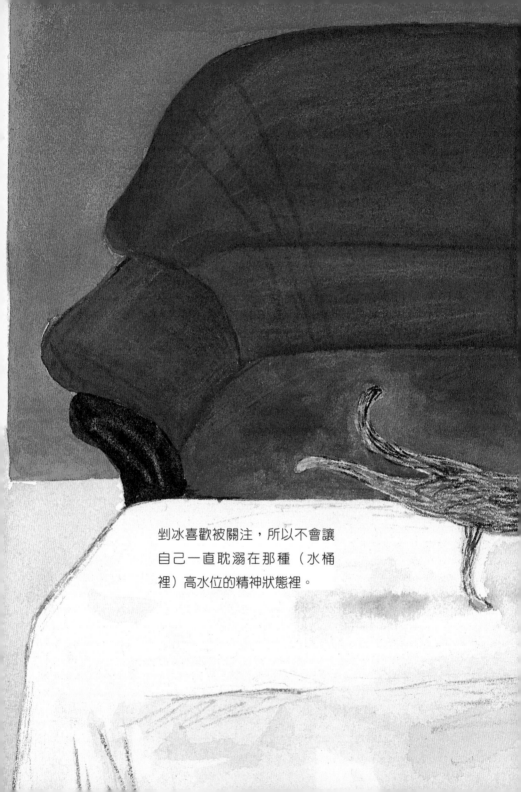

剉冰喜歡被關注，所以不會讓自己一直耽溺在那種（水桶裡）高水位的精神狀態裡。

叫牠不准再碰我的水，還是把
水喝光光……還弄得旁邊都髒
兮兮……狗的生活習慣眞的很
糟……別想再叫我幫牠從桌上
撥什麼好吃的下來……

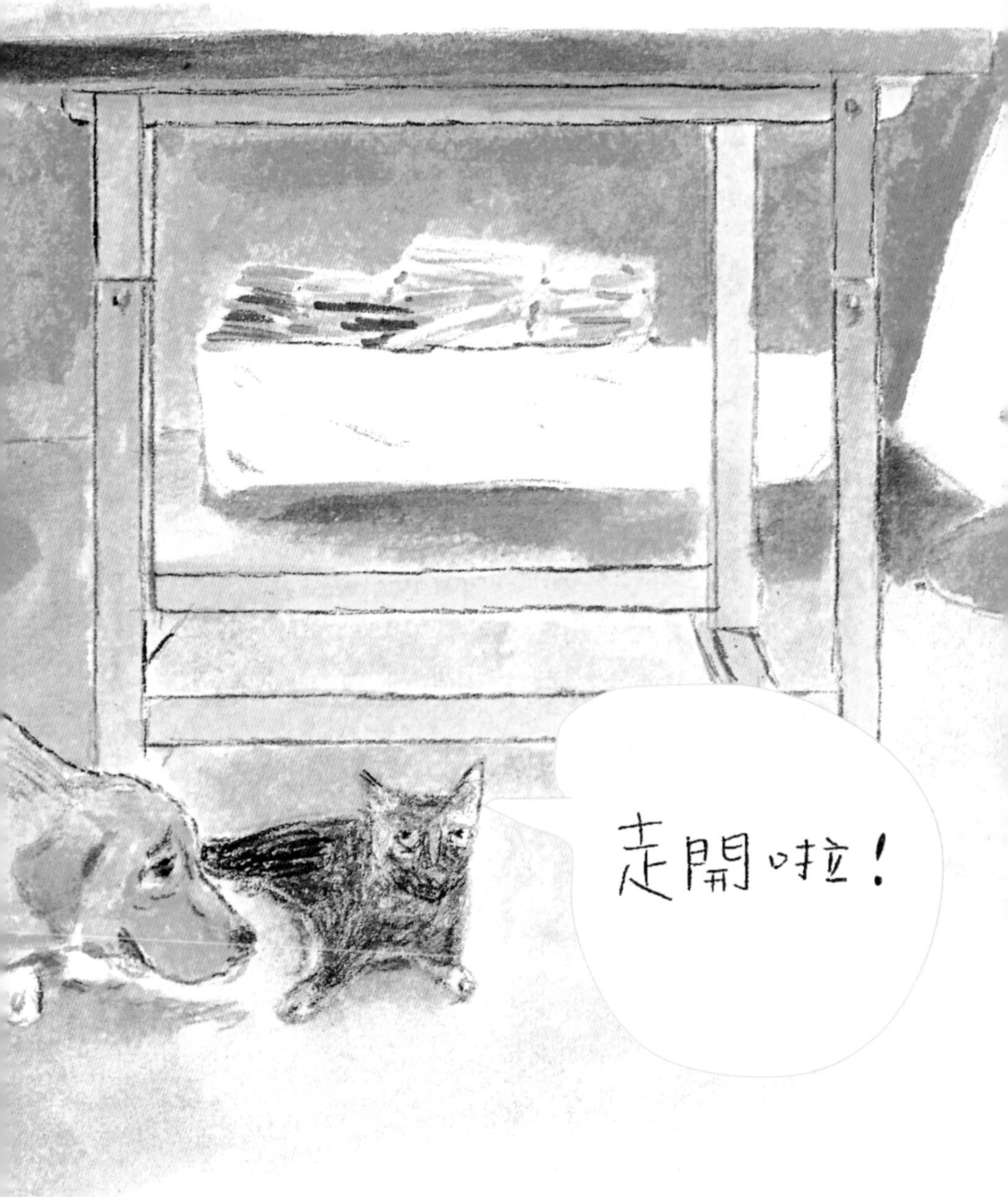
走開啦！

早說過有一天會這樣！好啦，現在門被風吹關上了，你們自己想想該怎麼辦？

我知道牠們
在想什麼。

來看看誰的尾巴先經過這裡！

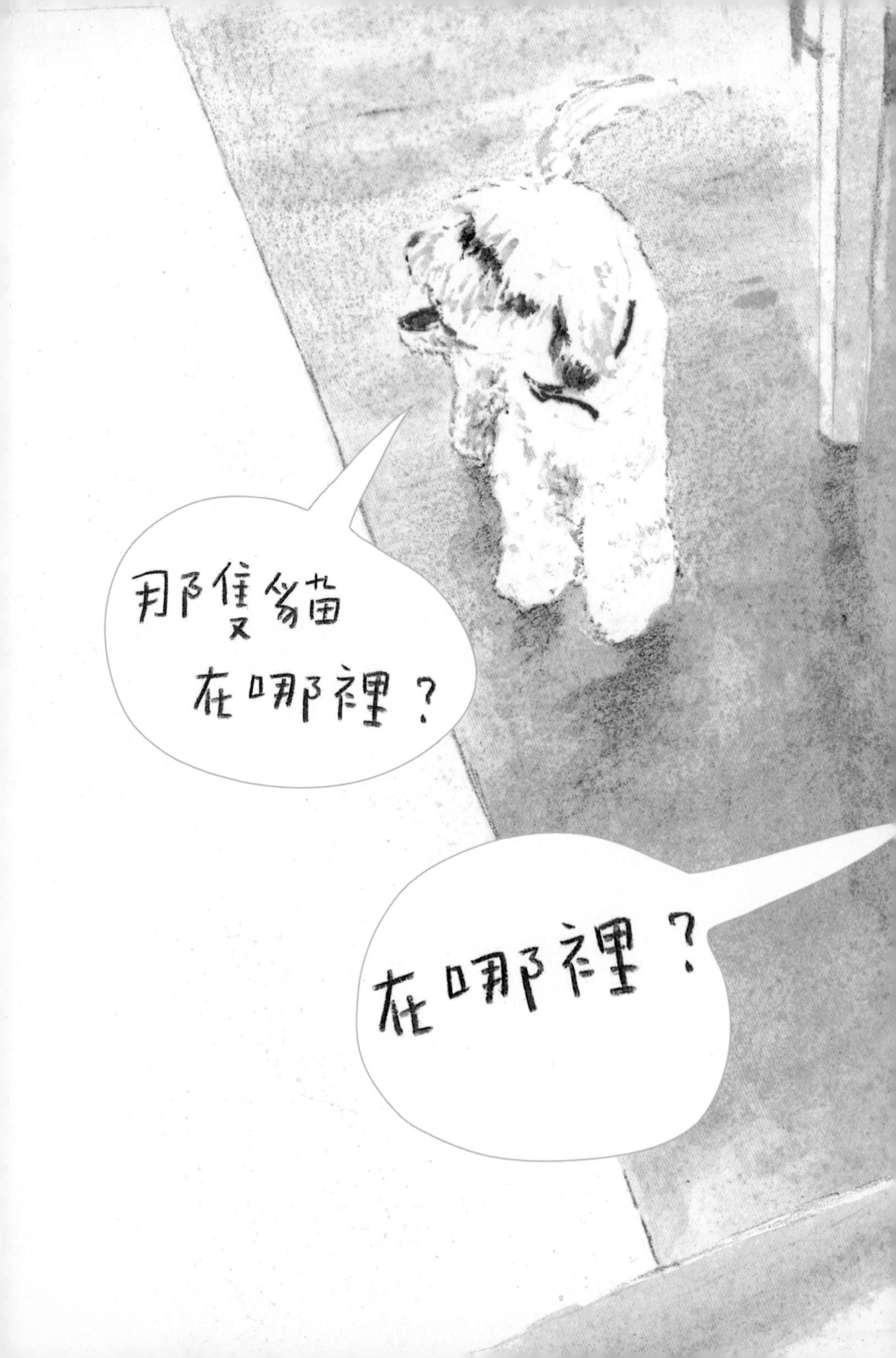
那隻貓在哪裡？
在哪裡？

再躲起來！！

動物醫院時常有小貓讓人認養。小貓都是人撿來的，有些很小，小到必須半夜起來餵貓的代用奶；有些來的時候渾身是病，要先治療。

貓最可愛的年紀應該是三個月左右，超過三個月大，被認養的機率就漸漸降低。時常要苦口婆心勸說來認養的人：月份大的小貓，照顧起來比一兩個月的容易。因為身體壯了，抵抗力強，預防針打齊全了（半歲前，若沒耽擱，應該要注射三次預防針），比較不用擔心小貓生病。

總有一些小貓，認養過程很不順利，比如說，太黑、太瘦、太緊張；但這三個理由都比不上太醜（花色糊成一團）、太老（多兩個月體形就差很多）和肢體殘障。

我「遇到」剉冰的時候，牠正好符合以下三個條件：太瘦（牠不貪吃）、太醜（花到看不出花色）、太老（牠在動物醫院籠子裡蹲了五個月）。我替牠擔心找不到認養的新主人，牠倒是一派樂天，天天從籠子裡伸爪子出來「勾勾樂」（用爪子勾住任何經過的人再趕快躲回去），玩不完。

當時腦中閃過念頭：也許可以養一隻貓（我承認我也想挑）。

「要養就不要挑，」我的獸醫先生「大的」指著這隻花糟糟六個多月大的小貓說：「養這隻好了，我看牠送不出去。」

除了原先養的狗，動物醫院每日進進出出很多的狗，我擔心牠的安全。

「要養就不要關，要關就不要養。」「大的」又說：「被咬到是牠的命。你要在這個空間養貓，就一定有這些狀況，要有這些心理準備。」

「你放心，貓很聰明的。」他加一句。

2.

有什麼好嫌

我 跟剛認識剉冰的人解釋：取名「剉冰」是因為養牠的頭幾天，牠全身毛豎得蓬蓬的，踮起腳尖用動物醫院的診療檯當掩護，全力在桌與桌之間衝刺、停頓，觀察、再衝刺。尤其牠每根毛都外刺的尾巴，讓我想到冰店剛刨下來的冰，所以叫牠剉冰。

聽到我的解釋，大家都點頭贊同。我怕他們不是真的懂，如果有必要，我又會找一張紙畫一下，通常我畫的
是這樣 →

他們又都會點頭表示理解。

然後我喜歡再強調一下牠的長相，我會說：「你看，剉冰最特別的其實是牠鼻子那邊（我比比自己的鼻樑，好讓人更快了解），有個大大的驚嘆號！」

「真的欸！」大家都嘖嘖稱奇，有些人會再誇牠一下：「這麼特別喔，剉冰！」你認為剉冰聽不懂嗎，那你錯了，我知道牠不但聽得一清二楚，還很理所當然地認同。
（通常牠會賞人一個「認同臉」，但那個臉要你親眼看見才會明白。）

╱剉冰的「隱形狀態」之二
在電器櫃上動也不動；我認為牠想「把時空凝視到完全靜止」為止。

今天有個人一進來看到我就說：
「這隻貓好醜，怎麼這麼髒？」

我媽回他：「這是玳瑁色，有人
還非玳瑁色不養哩！我覺得很漂
亮啊，養久就可愛了啦⋯⋯你講
這麼直接，牠心裡會受傷。」

結果後來，
我做了一個夢……

夢到我變成
另外一隻貓
（沒好到哪裡去）。

我跑去跟圓圓說，牠竟
然沒有一點同情心……
牠才是一隻怪狗，牠的
腿好短……

練拉筋。

我生氣了。

練狠勁。

但我想，應該還是有
可以了解我的……

講完好多了。

注意！進來了……
我跟你們講，牠沒
事了，先不用急著
理牠……

有人曾在動物醫院裡，用很驚訝的語氣問：「嗄？牠們也會胃痛喔？」對，牠們有胃有腸有心，老了會髮白、腿疼、耳背再加眼睛看不清，人有的牠們差不多都有。沮喪時垂頭，開心會咧嘴。

「有眼淚嗎？」有人問。

我不知道，但是我見過眼眶溼潤極富感情的狗眼睛。

我想動物（至少在我家的）或許不會知道什麼叫做「親情」，但一定知道什麼是「友誼」和「住在一起」，也知道「家」：「家」就是可以「安心地玩、吃飯和睡覺的地方」。

狗狗對剉冰的接納出乎我意料之外，我懷疑大家誤把牠當做是「狗的一種」。牠們很快就「認識了」，並且讓剉冰在「家」裡活動。

牠們玩在一起。

有時很激烈，見到一隻貓（剉冰）站在沙發的頂端對付兩隻狗（通常是小花花和Tony），貓的迴旋掌揮個不停；但有時只是貓的「獨腳戲」（躲在暗處偷揮狗興奮搖擺的尾巴）。我觀察牠們的追逐遊戲，發現「場地狀況」再惡劣，牠們都有辦法「遇高就爬、遇擋就跨、看好就躺、路不通就轉向」玩個徹底。

可惜也有擦槍走火的時候，圓圓就在一陣混亂中耳朵上多了兩個「滴著血的彈孔」（Tony的錯）。我當糾察隊馬上制止遊戲（不容易，因為講不聽），停止「微笑旁觀」，急急忙忙帶傷狗下樓急診了。

3.

玩到翻

↗ 憑印象畫的「斑鳩斜睨剉冰」。

（請注意很故意的眼神）

剉冰的個性很能自得其樂（所以牠好命），也喜歡到處打探消息。牠不是熱血派（我同情容易激動的貓），牠最激動的時候是陽台上有斑鳩在門外定定瞅著牠（斑鳩應該是故意的，而且我懷疑是同一隻），剉冰會發出一種很妙的聲音，好像從舌底或是喉間冒出的一種「的的」聲。那時刻，任何人想叫牠轉移目標都沒辦法。

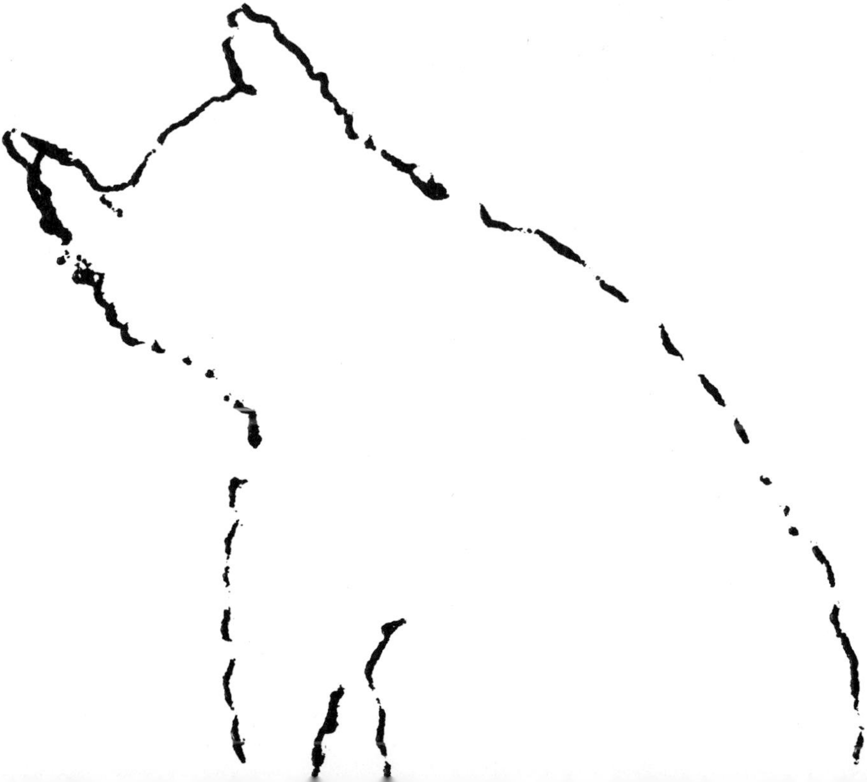

 小狗！　　　　 有！

 小狗！　　　　 有！

 小狗！　　　　 有！

我的「毛茸茸家人」裡，有一隻小狗就叫「小狗」。牠前一半的「狗生」被關在籠子裡等認養。怕取了名字有感情，正式把牠收編成家中一分子前，我們都叫牠「那隻小狗」，我們說：「小狗，來，來！」後來，我發現，牠很執著地不再接受其他名字。

剉冰似乎很懂牠。

「小狗」處理「人際關係」不是很機靈，有時牠想活潑，「別人」並不太領情。牠的世界，可以用「執著」兩個字形容。執著地前進、執著地後退、執著地跟在大家旁邊跑、執著地來找我摸摸，執著地在屋子裡高興跳著走著、執著地到牠想去的目的地——即使從三樓一躍跳下都毫不遲疑。

除了各種「執著」，牠的世界一片澄澈：每天做同樣的事、固定的行為模式，沒有額外的心思。

大家和「小狗」玩都只是應付兩下，就掉頭找別的樂子。只有剉冰，我真的對牠的耐心印象深刻：剉冰不但挪出很多時間觀察「小狗」與同伴的互動，還花工夫全程奉陪玩打來打去。

「小狗」要打多久就奉陪多久。

請前進！
請前進！
前面熄火的這輛，
你造成後方塞車了……

三次機會！跳到椅子上不算分；跳過肚子沒碰到毛算兩分；跳到肚子上扣一分；你的尾巴碰到牠身上任何地方扣零點五分。

現在準備好了嗎？

 躲好了沒？　　 還沒！

 躲好了沒？　　 還沒！

 躲好了沒？　　 還沒！

 下次要玩，你自己陪牠玩。
你知道我們已經玩幾遍了嗎？

說實話，你的膽子這樣不行。聽好，現在我睡五分鐘，你站好好，練習保護主人。

加油！
　加油！
加油！
　　加油！
　　　加油！
加油！
　　加油！

牠到底加給誰？

噹、噹、噹，第三圈！
你離今天的目標還有兩圈！

我的狗圓圓，也有很長的「狗生」在蹲籠子。

牠小時候在原主人家，籠子就在廚房一旁，大鐵籠上方有個門，圓圓就從那裡探出頭，遠遠看人吃東西看電視躺沙發。一個星期洗澡一次，洗完牠可以出來跑兩天，因為「比較乾淨」。後來，主人出國，圓圓到動物醫院寄宿，一住兩年，這當中，只有散步的時候才能呼吸自由空氣。主人付了部分寄宿費，最後棄養牠。

於是我將圓圓接到樓上我的工作室一起生活。

牠正式的血統叫Basset Hound（巴吉度獵犬），是大型犬。圓圓的體重大約25公斤上下，我認為牠非常漂亮，眼睛又大又明亮、額頭高耳朵好長，高興跑起來像小飛象，腿很短很壯，有傲人大胸口。

對於「獵犬都是垂耳」是「因為要專心追逐獵物，耳朵蓋起來讓牠們將注意力集中在嗅覺上」的說法，我很贊同，因為圓圓。

我從不特別「勸圓圓」（牠根本知道我希望牠做什麼），牠一心只跟牠的直覺走：比如說塑膠袋（食物）、碗與碗碰撞的聲音（食物）、叫「圓圓」（食物和摸摸），在一個「我早忘記有麵包」的地方哀哼到我不得不起身放下工作，把麵包拿出來（分牠一小口，平撫情緒）。圓圓想喝水發現碗裡沒水，會用大腳把碗踩翻（碗翻得很高讓我哭笑不得）；心情不好就把浴室地上的瓶瓶罐罐全部打倒一堆，想睡就「攤平路中間」。

「你不讓牠怕你，牠不會聽你的。」「大的」說。「要在你的動物面前建立你的權威」，這是一般教養書籍送給飼主的標準說法。

看著牠們徹底依賴我的眼神，對「很快就要變老」的這些小傢伙，我並不想多建立什麼權威。

4.

因為你，
　所以我在。

我常跟狗講話，因為牠們看起來「很需要人跟牠們講話」。但很多話即使我講很多遍，也不見得真的可以溝通（牠們只挑愛聽的來懂）。
我沒想過跟貓講話，至少在養剉冰以前沒有。
（如果有，也只是隨意應付而已……）

第一次跟剉冰講話（也不算真的要對牠講話），很讓我吃驚。我用眼角餘光瞥見牠進來工作室，跳上桌子，沿桌邊走過來；就在十分接近我的時候（我聽說太多貓躺在畫紙上不走的故事），我很認真地轉頭對牠說了一句：
「不行。」
我們互看了一眼、一秒，牠好像很懂地立刻轉身離開，就近找了個位置躺下來。
我大驚訝。
牠什麼時候學會聽人話的？
這遊戲後來試過好幾遍，我很確定牠懂。
（此後，我尊敬牠的聰明比尊敬狗多。）

還有，牠不是都安靜地乖乖走開，有時嘴裡會咕噥兩句，反而是我都不懂牠在說什麼。

每樣都不相。，
那你認為我們生在這個
世界上的意義究竟是什
麼呢？

你要什麼？
我幫你找比較快啦！

那隻貓說，我們都是媽媽
撿來的，你有什麼看法？

不知道媽媽下次
撿誰來？

請你注意，我的砂盆不是
給你放球的，記住沒有？
你這樣弄得我上廁所很不
方便，你知不知道？

糟糕，蒼蠅要掉
到牠的背上啦！

那隻手有那麼好吃嗎？

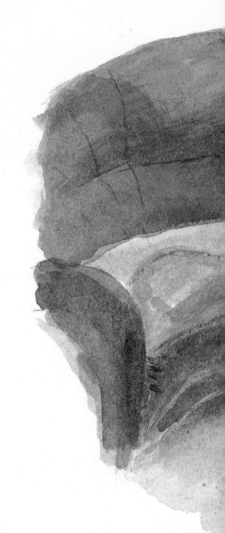

誰告訴你這樣
比較涼？

不養寵物的人，如果到動物醫院坐一天，聽聽那裡的對話，我想應該會頭暈。

有隻老狗病危，「爸爸」把「哥哥」、「姊姊」從台北召回來，「全家」守著牠。「媽媽」一直哭，「爸爸」對老狗說：「哥哥姊姊都來看你喔，乖，乖。」大家一手擦眼淚，一手撫摸狗。
女孩抱著一隻狗坐在樓梯口，另一隻狗躺在氧氣箱裡吸氧氣。
「姊姊」怕「弟弟」獨自在醫院會害怕，帶「哥哥」來陪牠。
婦人帶著幾隻狗一起進來，仔細解說牠們的「輩分」：「這是爸爸、這是媽媽、這是牠的小孩，所以我是牠的阿媽。」
又一個婦人抱一隻狗進來，她很小心地問：「你們這桌子消毒過了嗎？」（她不會只問一遍）「放心放心，消毒過了啦！」助手說。狗像小孩一樣抱在她胸前（狗的「髮型」整理得很好），她拍拍牠說：「你不知道我這個『兒子』有多寶貝！」

我發現，如果那個家裡只養貓的話，似乎不會想在「家人組織」上下工夫。追究原因，我覺得貓的獨立（不求吃、不求穿、不求抱、不求玩）和「無所謂」的態度（沒有就算了），讓人不特別想要將牠們攬成「一個家庭組織下有正式稱謂的夥伴」。

5.

勉強接受
在「編制」裡

剉冰有四個「姊姊」（Paw、小苓、圓圓、小狗）、兩個「哥哥」（小花花、Tony），我是牠的「媽媽」，牠還有「爸爸」。

這個家庭關係是照「人」的思考運作的，我會說「來媽媽這邊」，可是不會說「去你哥哥那裡」。以「分類」來看，這個「家」裡，牠「一類只有一個」（人類兩個，狗類六隻），顯得很與眾不同。

剉冰也有幾個朋友，應該都是在動物醫院裡認識的，究竟有誰我不是很清楚。

但牠喜歡跟人回家我知道（牠曾尾隨一隻兔子的籠子和一隻貓的提籃回到別人家）。我有信心，經過比較，牠會清楚誰家比較好。

至少，在我家牠看病不用花錢。

（依我的想法，這點是很好的。）

我說過我不喜歡
沒有同情心。

前幾天，外面的貓
說沒聽過什麼叫
「清耳朵」，我就
形容給牠們聽：

所以，想成為我們
家的一分子，還眞
的需要點膽識！

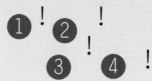

該你！

親愛的天父，
如果你眞的無所不能，
請做給我看。

我不要清耳朵
洗澡梳毛
和剪趾甲。
阿門！

這次絕對不會
被找到！

沒有一家除蟲滅鼠公司比得上家裡養一隻貓。

還住台北的時候，舊家公寓常常有蟑螂。我怕蟑螂怕到只想把
自己用超大塑膠袋罩起來，等蟑螂離開我再移動。見過最讓我
不知如何是好的是一隻全白的蟑螂（我認為蟑螂也是「很有
表情」的生物，但那隻卻「沒有任何表情」）。阿嬤和媽媽都
有徒手捉蟑的絕招；哥哥高中的時候，除了表演徒手捉蟑以
外，還加了一個「活烤蟑螂」的項目，蟑螂不停被丟回瓦斯爐
上、逃跑、再丟回，讓我見識到青少年如何熱中於「表現膽
識」。
蟑螂會飛的比爬在牆上的可怕、爬在牆上的比藏身某物件後的
可怕、藏身的又比走在地上的可怕、走在地上的比趴在路上即
將身亡的可怕。

搬到高雄動物醫院這棟房子似乎沒見到蟑螂，久久才出現一
隻，我「尊重牠想去的方向」。養刣冰以後，每隔一陣，地上
就會出現一隻或兩隻（在不同位置）四腳朝天已經沒氣的蟑螂
（原來蟑螂比我想像中多）。我很快就知道，這都是刣冰的傑
作，講明一點，就是「刣冰把蟑螂都玩死了」。

不過，還是有人樂觀看待，朋友養的貓喜歡把弄死的蟑螂叼到
正在好夢的她手心放著。她解讀這種發生的含意：「牠想進貢
最好的獵物給我，因為我是牠的主人。」……

6.

忙得很

要找到剉冰不困難，因為這個「家」沒有太多狀況需要牠特地躲起來。如果牠不在三樓我的工作室，就應該在二樓的陽台紗門邊；如果牠不在紗門邊，就應該在一樓動物醫院逛。

剉冰喜歡臥在落地窗前的候診椅上：偵察；或是伏在診療桌下：幫忙偷聽診斷。

劉冰偵察

劉冰偵察

這家養兩
個小孩。

劉冰偵察

這家養一隻狗，
看病要用車子從
對街載過來，絕
對騙不過來。

劉冰偵察

牠連颱風天也要出門上廁所。

這是捲捲，我
和牠很熟。

有人拉就上下彈跳的飛行人↗

牠們不見了。

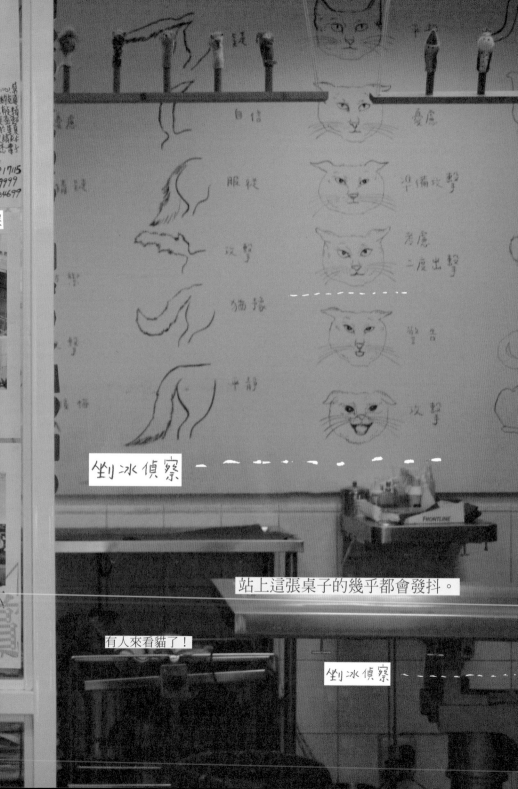

劉冰偵察

站上這張桌子的幾乎都會發抖。

有人來看貓了！

劉冰偵察

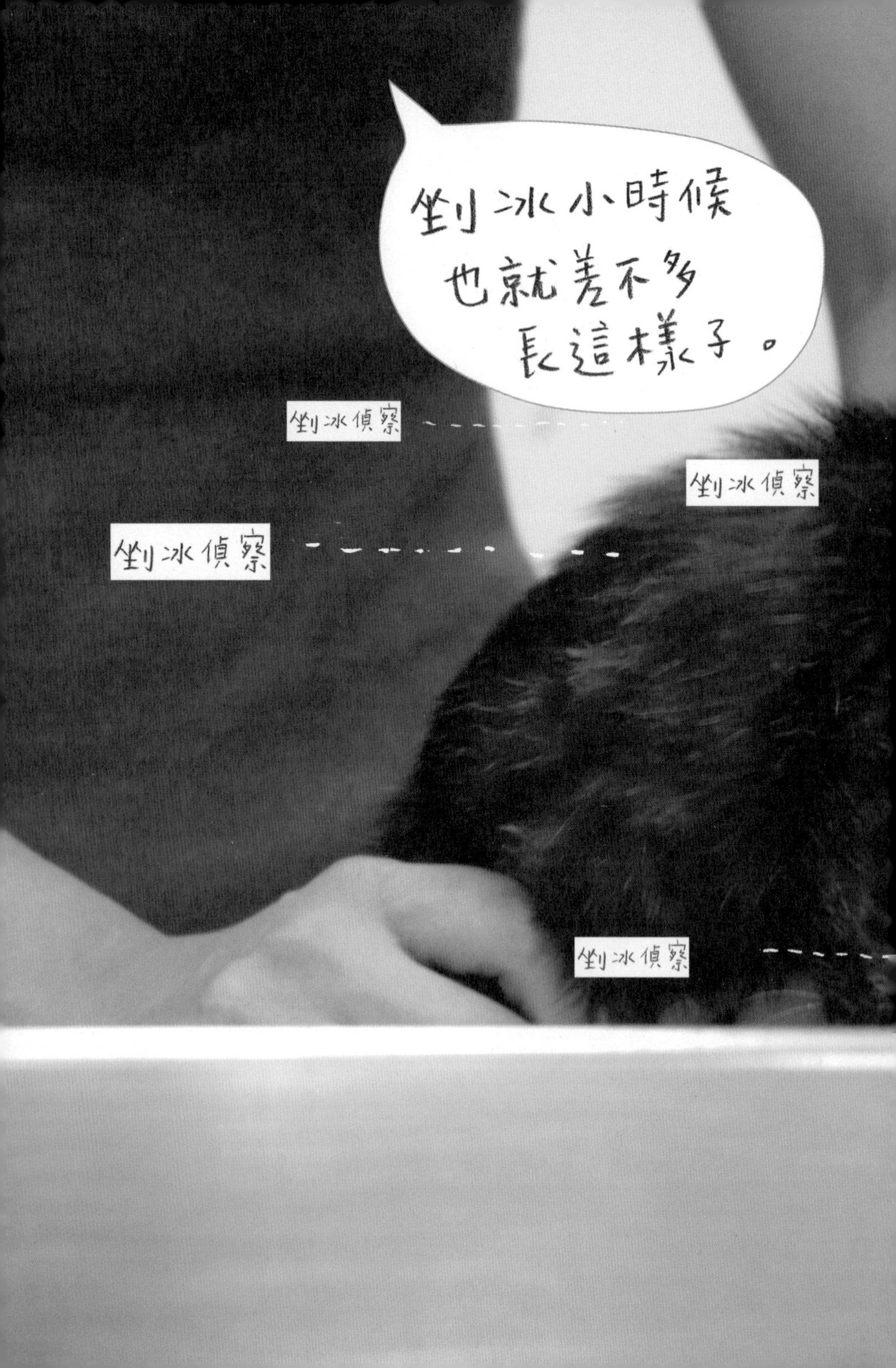

劉冰偵察

牠被認養了！

劉冰偵察

劉冰偵察

劉冰偵察

我很難判斷到底哪一隻將來比較好命。

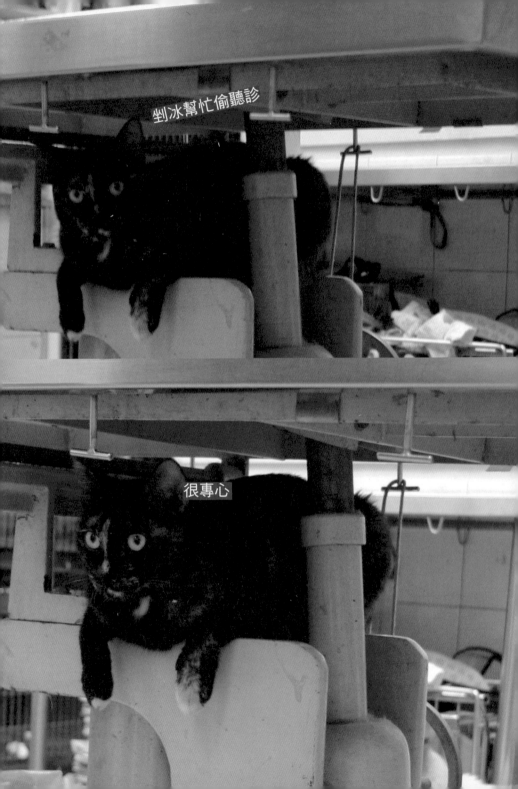
剉冰幫忙偷聽診

很專心

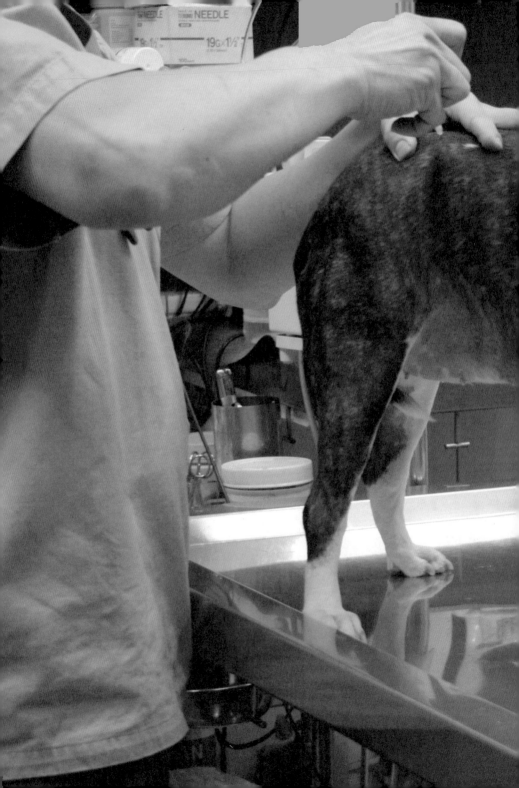

人在這時候笑得出來，因爲針不是插在他的屁股上。

（笑音）

（還在桌底下聽……）

我說過，我不喜歡沒有同情心。

牠不懂為什麼我還是
喜歡和人住在一起。

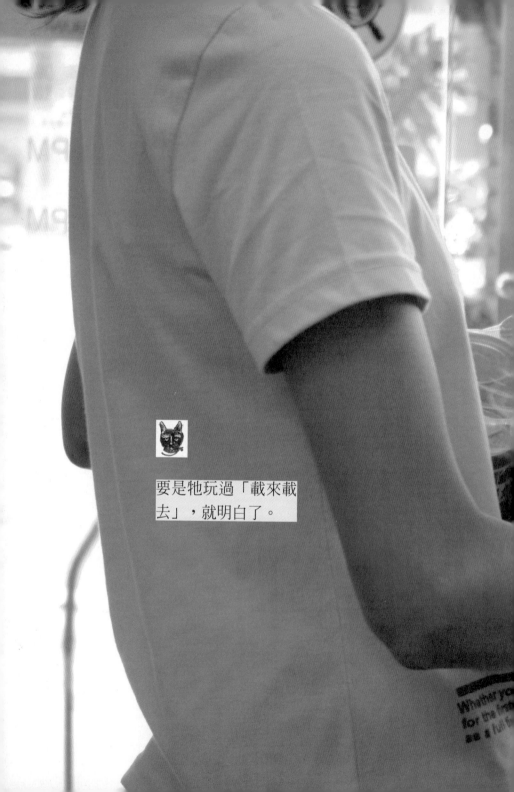

要是牠玩過「載來載去」，就明白了。

有一本不怎麼出名的繪本《貓在哪裡？》（*Find the Cat*, Elaine L. Livermore, 1973），整本書就是「貓・在・哪・裡」。書裡的畫有點「平」，黃底細黑線條，每張圖看起來都像裝飾壁紙。故事其實也很平板：貓把狗的骨頭藏起來，狗找貓要骨頭。讀了很多遍，我早知道貓藏在哪裡，但我每隔一陣仍再「讀」一次，佯裝不知再找一遍。「找東西」的主題真是老少咸宜。

家裡有貓以後，意外的，這本書裡描繪貓躲藏的「場所」時常閃進腦海中，真是奇妙。原來除了「找貓」，我還能自其中讀懂其他事，因為畫家不知不覺自然地將貓的習性畫進去，讀者「一日不養貓」，就「終身不理解」那部分的有趣。

若是剉冰會躲在哪裡？我最喜歡牠的裝神祕。

裝神祕的時候，剉冰會藏在櫃子的最底下（手還伸出來撈「移動中的人或物」）、在半開的抽屜裡（拉開抽屜牠會按捺不住冒出頭來呼吸新鮮空氣）、在瓶瓶罐罐中間（當自己是靜物）、在一堆待洗衣物裡（拿起衣服忽然看到一雙期待被發現的眼睛）、在你正工作的電腦後面（露出一雙小小尖尖的耳朵）、鑽進背包裡動也不動。還有牠喜歡任何「新到的」、「大小合適」的容器，牠會想盡辦法把自己塞進去。

我猜裝神祕是剉冰快樂的時候，那剉冰什麼時候憂愁呢？

小花花有出門跟不到的憂愁、Tony有怎麼還不洗澡玩水的憂愁、圓圓有吃不飽的憂愁、「小狗」有怕閃電打雷的憂愁、小苓有「希望再多一片餅乾不好意思說」的憂愁、Paw有「渴望媽媽只是牠一個的」的憂愁。我的憂愁是時間永遠不夠平分給牠們。

我看不出剉冰的憂愁。

當牠靜靜伏在窗台沉思時，我很想知道牠在想什麼。

7.

紫衣神祕

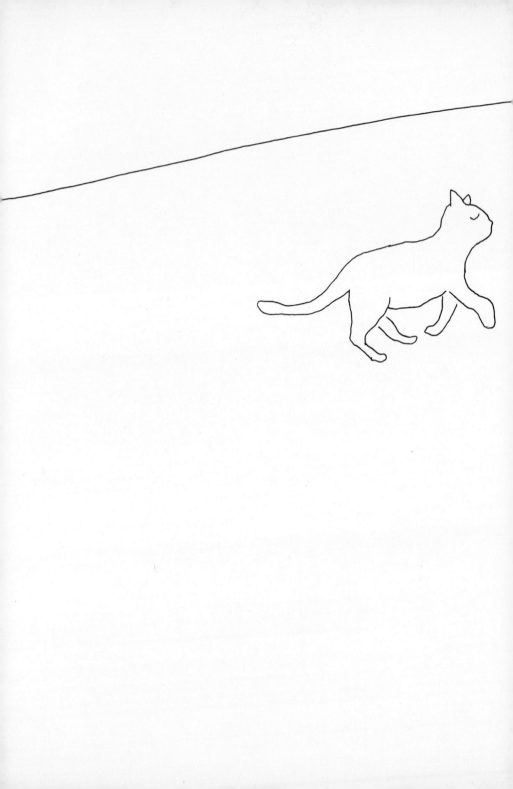

再說剉冰的「隱形狀態」，牠躺在裝寵物食品罐頭的紙箱中也好，靜靜伏在人家的提籃中也好，牠喜歡我們裝做看不見牠。所以我們把牠連同那個載著牠的「容器」托在手中載過來載過去，牠的眼珠動也不動，像似盲貓。

我認為（又是一種「人」的解釋）：那其實也是牠表達「我很喜歡你」的方式。

我很喜歡你，所以我安心讓你載來載去（不只因為好玩）；我很喜歡你，所以我讓你抱著我搓耳朵（不只因為我喜歡搓耳朵）；我喜歡你，所以無論你說什麼，我都回你一句「喵」（不是我愛說話）；我喜歡你，所以我故意在你面前晃來晃去（不是我真的路過）。

剉冰的「做作」，眼神很有趣。

我想跟你說
個祕密。

我愛上外面的一隻貓……

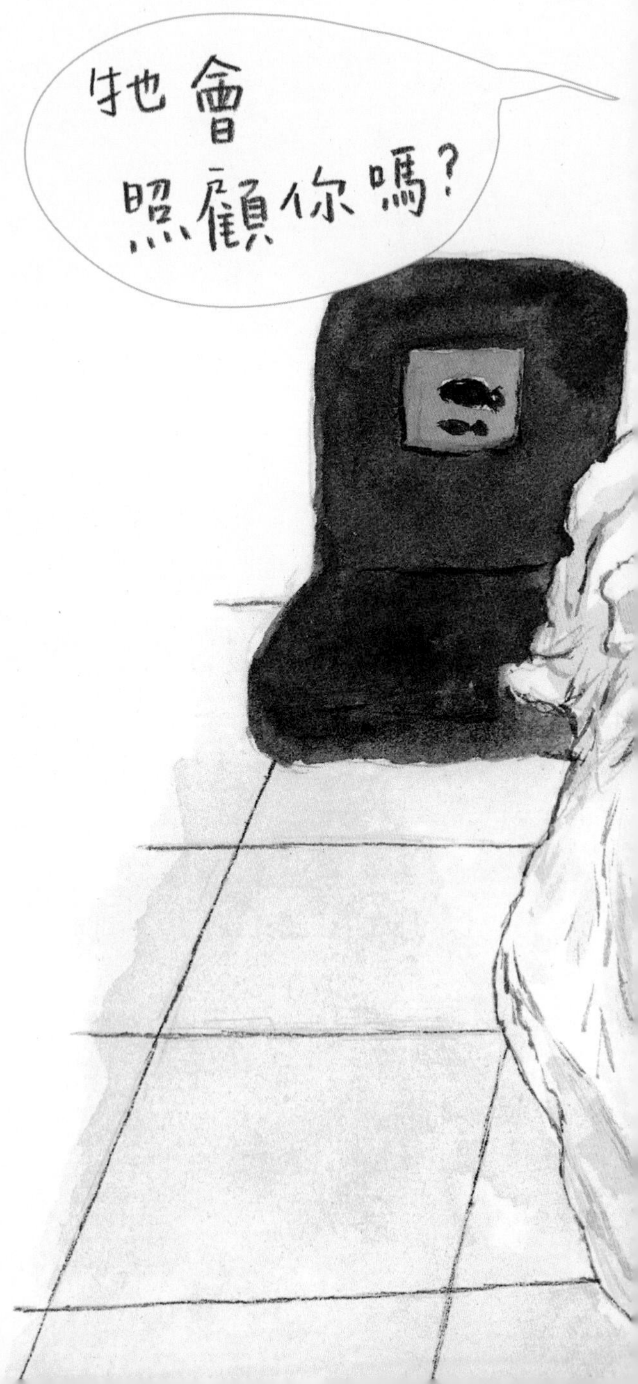
牠會
照顧你嗎?

我要找個禮
物送給牠。

牠送我的老鼠
我不敢吃……

愛情的滋味啊……

我愛你。

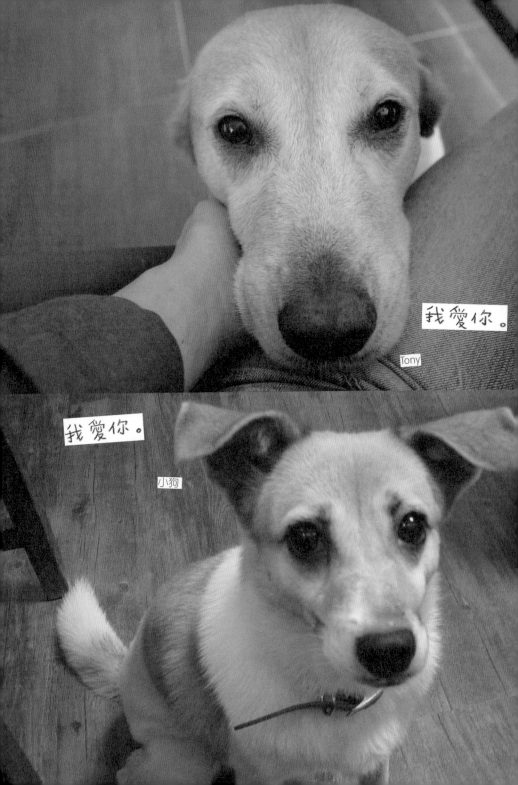

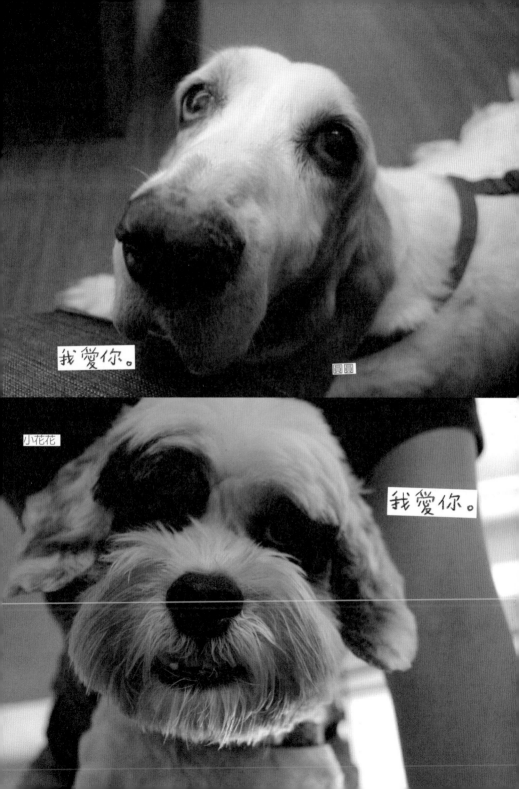

叫動物害怕的獸醫綠制服

我愛你所以我讓你抱抱。但不是你愛抱多久就抱多久，知道嗎？

我愛你。

招牌腳底示範：必沾毛和紙屑

→→貓抓痕（不是剉冰的傑作），不一定每隻動物都講理……

貓會省話嗎？剉冰其實蠻喜歡「嘰哩咕噥咕噥」的。

牠的咕噥是一種「夾雜喵和呼嚕和許多含混不清近似說話」的聲音。狗衝過牠身邊時「嘰哩咕噥咕噥」、看見我靠近時「嘰哩咕噥咕噥」、請牠好心移個位子時「嘰哩咕噥咕噥」、玩「載來載去」放牠下來時「嘰哩咕噥咕噥」；還有清完耳朵跳下桌面時「嘰哩咕噥咕噥」。那些「嘰哩咕噥咕噥」，憑我對牠個性的了解，應該是想對當時狀態發表一點心得的「碎碎念」語態。

會碎碎念的貓不只剉冰一隻，和朋友「交換情報」才知道原來這種「碎碎念」語法在貓族裡多得很。貓會不嫌煩的、比狗有技巧的、適時表達自己的「意見」給「該聽的」聽。

如果有人說：「啊，這隻狗好憨厚老實、忠心耿耿！」我會想，牠是隻聰明的好狗；但如果有人說：「啊，這隻貓真憨厚耿直忠心啊！」說不定我會對這隻貓的聰明存疑了。

養貓好不好？先給我一隻最不尋常的貓吧！

8.

坐り冰
十大罪狀`

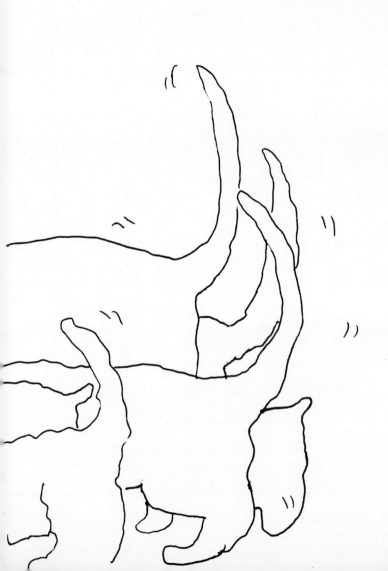

有人說剉冰像狗，說牠小跑步有點外八（狗總是跑得肆無忌憚）、有點粗魯（狗把水盆撞翻也不停）、遇到麻煩慌慌張張保命第一（狗遇強敵先夾尾巴裝跛腳）、大剌剌舉起後腿不客氣地舔（狗舔腳的時候老是忘我）、絲毫不淑女地張嘴露牙打呵欠（比賽看誰露的牙多）。

我對種種「非貓的優雅」的解釋是：因為剉冰在家日日廝混的同伴都是狗。

但是牠貓的特質還在。

比如說牠的謹慎（玻璃杯不會因牠經過而翻倒）、牠的躡手躡腳（不知何時已經睡在我背後的影印機上）、牠的專注（牠凝視窗外似乎不曾移轉的眼神）、牠的神出鬼沒（狗沒發覺牠經過），還有牠的冷靜（在全部家人歡樂迎賓時冷眼旁觀）。

該當貓的時候，牠從來沒忘記自己就是一隻貓。

剉冰十大罪狀

第一狀

來陰的！

貓沒剪趾甲以
前不要惹！

剉冰十大罪狀

沒事找事！

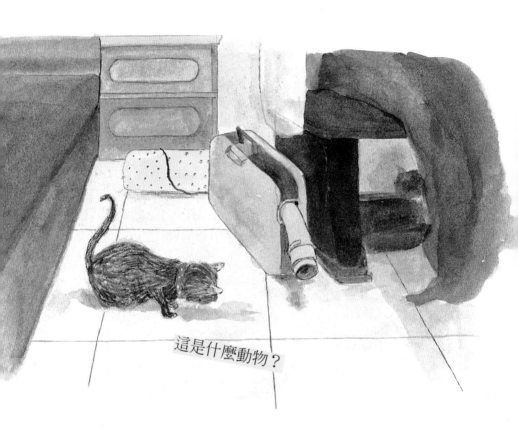

這是什麼動物？

劉冰十大罪狀

第三狀

公主病！

說實話，你認為這
個家裡誰最可愛？

劉冰十大罪狀

第四狀

自作聰明！

剉冰十大罪狀

第五狀

臭臉！

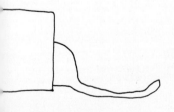

剉冰十大罪狀

第六狀

沒膽！

這個鬼故事
是誰告訴你的？

剉冰十大罪狀

第七狀

不肯分享！

上次那隻貓
是怎麼開門的？

劉冰十大罪狀

第八狀

故弄玄虛！

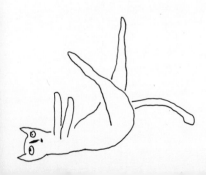

劉冰十大罪狀

第九狀

最假裝！

第十狀

貓才真正沒
同情心！

到底在餓什麼？

想想，繪本《活了一百萬次的貓》（100万回生きたねこ，佐野洋子，1977）裡的那隻貓，最後生命結束在那樣壯烈的情境裡，以貓的聰明和打起架來伸爪的狠屬，真的不無可能。

一隻活了一百萬次也死了一百萬次的貓，牠曾經是國王的貓、水手的貓、馬戲團的貓、小偷的貓、小女孩的貓；牠只愛自己，不在乎任何人。

有一回，牠不再是任何人的貓，牠是自己的主人，這一次，牠愛上了一隻白貓。白貓對牠「活過一百萬次」的細節絲毫不感興趣，無論牠怎麼炫耀自己的過去，白貓都只用輕描淡寫的「是嗎？」回答。

最後貓改口乖乖問：「我可以待在你身邊嗎？」白貓答應了。白貓替貓生了許多小貓，小貓長大，白貓老了。貓希望可以永遠和白貓在一起，但終有一天白貓靜靜躺在貓的身旁一動也不動。貓第一次哭了，從白天哭到晚上，從晚上哭到白天，整整哭了一百萬次。

有一天中午，貓終於停止了哭泣，
因牠躺在白貓身邊也安安靜靜地一動也不動了。
貓再也沒有活過來。

我用「人」的想法想到這裡，覺得非常傷心。

看著我的傻貓剉冰（和這活過一百萬次的貓比起來，牠變成一隻傻貓了）和憨狗一群，也許我們也都活過一百萬次了，只是我們不記得。我們在曾經的一百萬次裡錯過，可是幸運地在這次相遇。

不記得以前很好，不知道下一世也很好，我們在平凡中過日子，快樂就好。

9.

我可以待在
你身邊嗎？

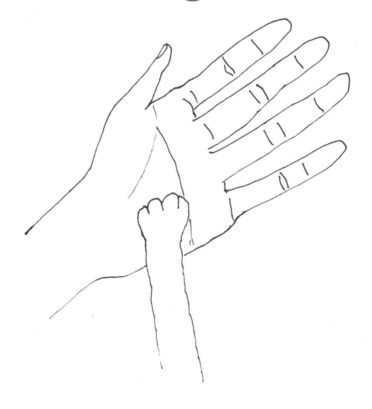

天堂是怎樣的地方？在沒真的告別塵世以前，對天堂的景象我們只能憑想像。我也不確定是不是大家都能去那裡、不同時間去卻感覺像一起到達？在敲開天堂之門前，我想，在塵世也許我們可以先有天堂的想像。

也許我的家、我畫畫的工作室就是我「毛茸茸孩子」的天堂，除了這個地方，我們無法再想像更美好的所在。大家擠在一塊，心有觸動、日子有笑也有淚，也許這就是「天堂」。

也許這個也許那個，我常常想著「也許」。
我們在「也許」當中過也許真實的生活，做著也許認真的工作，聽著也許存在的聲音。

在我想像，「天堂」也許就是「讓心很舒服的地方」。
「天堂」就是我們都在的地方。

你認為
牠是在聽還
是在看？

到底牠每天在
高興什麼？

一下雨，牠就變這樣！

你們要我從哪
一盤下手？

好，現在先讓我去上
個廁所，回來再慢慢
把剛聽到的講完。

你確定這是雞肉
乾的味道嗎？

狗每天散步不知都被牽到哪裡去？

也許我該勸牠到家裡來，吃點像樣的食物。畢竟不是天天都捉得到老鼠……

誰告訴牠今天樓下來的
那隻貓比牠可愛？

那到底又是誰跟牠說了什麼？

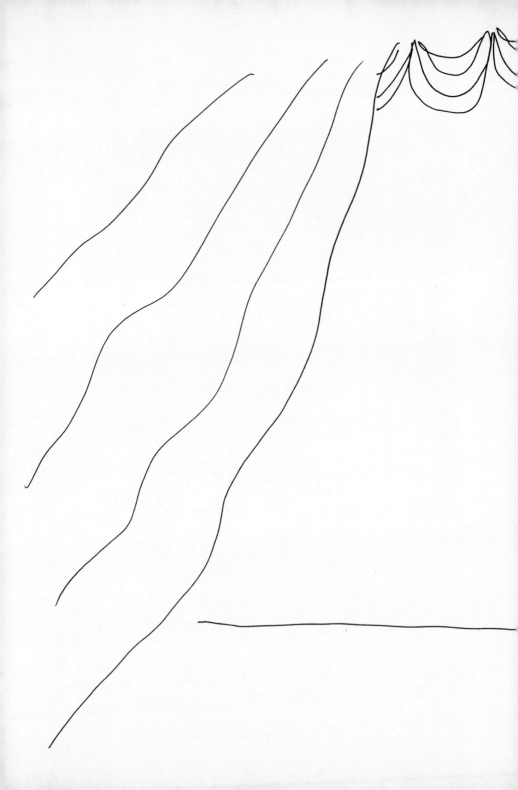

10.

坐刂冰的場子

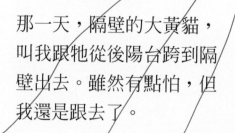

那一天，隔壁的大黃貓，
叫我跟牠從後陽台跨到隔
壁出去。雖然有點怕，但
我還是跟去了。

我們走窄窄的牆，踩過晾衣的
竹竿，到後面的屋頂曬太陽。
一隻鳥飛過來，大黃貓開始
追，我也追。鳥沒追到，大黃
貓說要帶我去吃魚。

牠說每天下午都有人騎腳踏車丟魚，想吃要搶，因為知道的貓很多，大家都想分一口。我沒有搶到，因為我有點搞不清楚狀況。後來我真的肚子餓，想回家。

我確定記的路沒錯。我看到陽台了，可是很奇怪，我站的地方卻沒路可以跳上去，也沒辦法再跳回去，我被困在一個窗戶旁邊。我試著喵喵喵叫，可是沒有人聽到。

後來，天就黑了。

不知等了多久，最後連房子裡的燈都暗了。就在我非常害怕和肚子餓的時候，房子裡的燈又亮了。

媽媽走到陽台，我聽到她說：「剉冰不會整天躲著不出現的，牠會不會跑出去了？」
「剉冰—剉冰—」她開始叫我。
「喵—喵—」我也大聲叫她。

爸爸拿手電筒照著水溝巷。
「我在這裡！我在這裡！」
我用盡力氣大聲喵。
他們都看到我了！

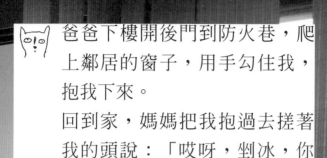

爸爸下樓開後門到防火巷，爬上鄰居的窗子，用手勾住我，抱我下來。

回到家，媽媽把我抱過去搓著我的頭說：「哎呀，剉冰，你坐在人家的窗子上幹麼？」

我吃了好大一碗點心，喝了乾淨的水，又進貓砂盆好好整理了一下。

小花花一直想知道我究竟去了哪裡，在我身上聞來聞去。

我才跟牠們講一半，圓圓就睡著了。不是我想批評這些狗，說真的，「感覺」這種事，對牠們來講太難了。

媽媽說天堂是
「讓心很舒服的地方」。

我知道，這裡就是

我們的天堂。

這一點，狗是不會懂的啦。

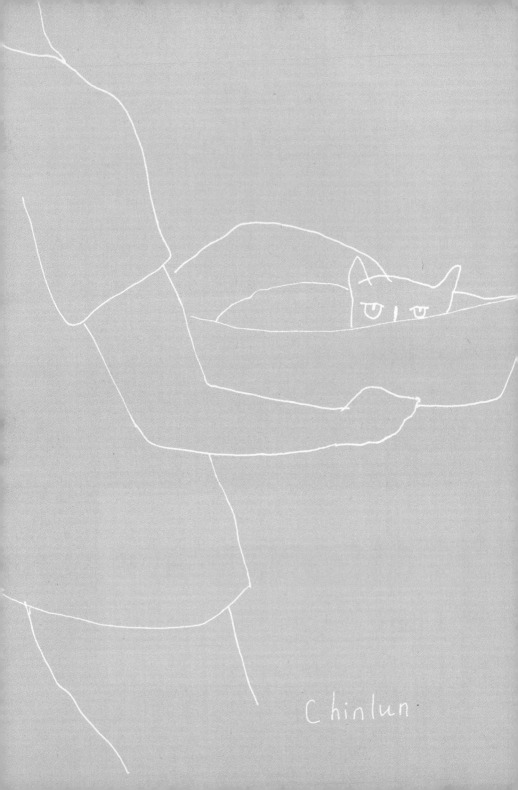

住在我心上的小天堂

很多人以為我從小喜歡動物，其實不是這樣。

我家的確養過很多動物，不過都是我爸爸的，狗是基本，陸陸續續還有鴿子、鸚哥、八哥、公雞、天竺鼠等等。我沒有參與照顧動物，但還蠻喜歡去看看牠們在做什麼。

直到我二十七歲，從哥哥那裡抱回一隻米白的西施，是哥哥的狗生的小狗。我叫牠Gibi，是日文「小不點」的意思。我和Gibi同進同出，早上我還賴床的時候，牠會咬球跑來找我，希望我跟牠玩。在我發覺非常愛牠的同時，我也計算著牠的年歲，我發現無論Gibi再長壽，都會很快離我而去。這件事讓我震驚和傷心。更讓人措手不及的是，沒多久Gibi被車子撞到，死了。那個晚上，我和姊姊號啕大哭。我坐在頂樓陽台外面不忍心進屋，擔心一進屋「就把Gibi永遠留在外面」。

其實更早之前，還很衝動買過一隻狗，我甚至不清楚是什麼品種。狗狗買回來馬上生病了，我帶牠看病，醫生說是犬瘟熱，絕症。但我想我不應該放棄牠，堅持繼續醫。狗是偷買的，怕家人知道，藏在頂樓，小小狗生病又想媽媽，會好像啜泣一般輕輕的哼哼哀哀。

媽媽知道了，她繼續幫我出錢替小狗治病，沒幾天，小狗就過世了。媽媽沒有責備我，但是告訴我養寵物要很仔細考慮。

所謂「寵物」，也許就是「讓人玩賞的動物」；但動物對我不是玩賞的，我當牠們是生命過程裡「有緣分相伴的生命」，我認定我們在「人生不同段落裡盡可能互相分享喜怒哀樂的情感」。我一直想養一頭豬，我相信以豬的聰明，一定會有很多一起生活的樂趣。但是豬的壽命很長，所以我不想養，我擔心我不能照顧好，怕萬一我先離開人世，沒人會照顧好牠。

我還想，等我老到一個年紀，漸漸就不要再養動物了，因為我擔心不能照顧好牠們，擔心到時我走了，牠們孤伶伶的，沒人照顧。

我希望提醒一些總認為「自己和動物無緣」的人，其實「只要是動物就會有情感」，不是只有人才有感情。

書裡匆匆亮相的捲捲是沒「正式編入家人名冊」的狗，但也是「我的管區」。還有一隻領角鴞獨眼多多是救來動物醫院醫治的，為牠買的超大鳥籠，現在是剉冰的「頂樓陽台別墅」，我很記得多多專注望著我可愛的獨眼。

想過很多次，狗抬頭望著我們的時候，不知道會不會想長高？
養貓，是我人生裡幸福的意外。（也因此有了這本書）
對牠們，沒有任何偏心。

LOCUS

LOCUS

LOCUS

LOCUS